Toute une glissade!

Suzan Reid

Eugenie Fernandes

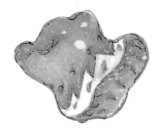

**Texte français de
Cécile Gagnon**

Scholastic Canada Ltd.

Données de catalogage avant publication

Reid, Suzan, 1963-
      [Grandpa Dan's toboggan ride. Français.]
      Toute une glissade!

Traduction de: Grandpa Dan's toboggan ride.
ISBN 0-590-74061-X

I. Fernandes, Eugenie, 1943-   . II. Titre.
III. Titre: Grandpa Dan's toboggan ride. Français.

PS8585.E53G714 1992   jC813'.54   C92-093891-4
PZ23.R45To 1992

FR16,857

À la famille Miles

S.R.

À mon père

E.F.

2

Par un après-midi glacé et tranquille, Florence tire sa longue traîne sauvage jusqu'au haut de la côte. Grand-père Léo s'y tient déjà, tapant la neige de sa grosse botte. Il fronce les sourcils et lance :

— Vas-y vite! Je suis gelé jusqu'aux os! Stupide neige!

— S'il te plaît, grand-papa, encore une fois, supplie Florence.

3

— Ah! vieux bout de chandelle! Quel temps de chien!

— Veux-tu me pousser, s'il te plaît? demande Florence.

— Pfiou! Mais c'est la dernière fois.

Grand-père Léo se penche pour donner une petite poussée à Florence dans sa longue traîne. En se penchant, il met le pied sur sa très longue écharpe et glisse.

Boum! Pouf! Crac!

Voilà grand-père Léo assis à l'arrière de la longue traîne sauvage, Florence sur ses genoux.

— Yahou! hurle Florence.

— Saint Citron! s'exclame grand-père Léo. Comment est-ce qu'on dirige cet engin?

Ils descendent la pente en accélérant, la longue écharpe de grand-père Léo claquant au vent.

— Yahou! hurle de nouveau Florence.

7

Ils arrivent au bas de la côte et la traîne sauvage fait un virage à gauche.

— Holà! lance grand-père Léo à travers les tortillons de sa longue écharpe. Je ne vois plus rien!

Boum! Pouf! Crac!

La boulangère qui traversait la rue s'écroule sur grand-père Léo et Florence.

— Sapristi! Fais de la place! crie grand-père Léo.

— Qu'est-ce que tu fabriques, Léo? demande la boulangère.

— J'essaie de diriger cet engin diabolique. Déplace ta tête, je ne vois rien!

La longue traîne sauvage file dans la rue en emportant grand-père Léo, Florence et la boulangère.

Boum! Pouf! Crac!

Le barbier qui fermait sa boutique atterrit par-dessus la boulangère.

— Aïe! Tasse-toi, dit la boulangère.

— Cessez de bouger en avant! Je ne vois rien, hurle grand-père Léo.

Grand-père Léo, Florence, la boulangère et le barbier, tous entassés dans la longue traîne sauvage, dévalent la rue et entrent dans le parc.

Boum! Pouf! Crac!

Le chef de police qui rentrait chez lui s'aplatit sur le barbier.

— Pose ton pied ailleurs que sur ma tête, s'écrie le barbier.

— Hé! Léo, as-tu un permis pour conduire ce bolide? demande le chef de police.

— Serrez-vous donc un peu! On est trop tassés derrière! lance la boulangère.

Grand-père Léo, Florence, la boulangère, le barbier et le chef de police, à la file dans la longue traîne sauvage, traversent le parc à toute vitesse.

14

Boum! Pouf! Crac!

La postière et son sac bourré de lettres tombent sur le chef de police.

— Pardon, chef, dit la postière.

— Débarrasse-moi de ton sac de lettres et trouve-toi un coin, dit le chef de police. Ici, c'est ma place.

— Vieux bout de chandelle! crie grand-père Léo, avec tout ce va-et-vient devant, je ne vois rien du tout!

Et la longue traîne sauvage chargée de grand-père Léo, de Florence, de la boulangère, du barbier, du chef de police et de la postière sort du parc pour continuer son chemin vers le lac gelé.

Boum! Pouf! Crac!
Un joueur de hockey déboule sur la postière.
— Pénalité! hurle le joueur de hockey. Pour interférence!
— Oh! Silence! dit la postière.
— Cramponnez-vous! hurle grand-père Léo.
— Yahou! crie Florence.

La traîne sauvage emportant grand-père Léo, Florence, la
boulangère, le barbier, le chef de police, la postière et le joueur
de hockey vole sur la glace et file en plein vers un banc de neige.

Boum! Pouf! Crac!

La traîne sauvage percute le banc de neige et aussitôt on voit des corps voler dans tous les sens. Le ciel se remplit de tuques, de mitaines et d'écharpes.

Grand-père Léo et Florence aboutissent dans un buisson. La boulangère et le barbier atterrissent dans un arbre. Le chef de police, la postière et le joueur de hockey s'engouffrent dans une poubelle.

Pendant un moment, personne ne bouge. Le silence règne. Puis grand-père Léo et Florence sortent du buisson. La boulangère et le barbier descendent de l'arbre. Le chef de police, la postière et le joueur de hockey s'arrachent de la poubelle.

Grand-père Léo attrape la traîne et se met à courir sur la glace, laissant sa longue écharpe claquer au vent derrière lui. La boulangère, le barbier, le chef de police, la postière et le joueur de hockey se regardent, puis se mettent eux aussi à courir.

21

— Grand-père Léo! Où vas-tu? Attends-nous! crie Florence.

— Si on se dépêche, répond grand-père Léo, je pense qu'on peut faire une autre glissade avant la tombée du jour!